MARTINE FAIT DU THÉATRE

★

Texte
de Gilbert DELAHAYE

Aquarelles
de Marcel MARLIER

Cet album reproduit l'édition originale parue en 1958.

http://www.casterman.com

Imprimé en Italie. Dépôt légal : septembre 2006 ; D.2006/0053/523.
Déposé au ministère de la Justice, Paris (loi n° 49956 du 16 juillet 1949 sur les publications destinées à la jeunesse).

ISBN 2-203-10209-8

Dehors il fait froid. Le vent siffle dans les branches. Les feuilles mortes s'envolent. Les parapluies se retournent.

Sur la route, un petit chien s'ennuie et les gens se dépêchent de rentrer à la maison.

Mais où sont Martine et ses petits camarades ?

Martine, Jean et ses amis sont allés se mettre à l'abri dans le grenier.

C'est un endroit merveilleux pour jouer quand il fait mauvais temps.

Et puis on y trouve une poupée endormie dans sa voiture, un cheval de bois coiffé d'un chapeau de paille, un vieux piano, un fauteuil, une auto à pédales et toutes sortes de choses amusantes.

— Venez voir, les amis, j'ai découvert ce coffre dans un coin.

— Comme il est lourd ! Tu ne sais pas l'ouvrir ?

— Je n'ai pas la clef, dit Martine. Regardons par le trou de la serrure.

Que peut-il bien y avoir dans ce coffre ? Un trésor, des jouets, des livres d'images ?

— Voilà, j'ai trouvé la clef.

— Ouvrons le coffre, dit Jean.

Clic, clac, le couvercle se soulève... Oh! les beaux rubans, les chapeaux de paille, les jolis costumes!

Voici des robes, des parures, des foulards multicolores.

— J'ai une idée : Voulez-vous jouer avec moi? dit Martine. Nous allons faire du théâtre.

Et chacun de se mettre à l'ouvrage.

— Martine, essaie donc cette robe!... Comme tu es jolie! On dirait une princesse avec son éventail et ses boucles d'oreilles!

Bernard prépare les décors. Jean apporte le cheval de bois, le fauteuil...

Enfin tout est prêt. Les décors sont en place. Le grenier ressemble à un vrai théâtre.

Toc... toc... toc..., la séance va commencer.

La scène se passe dans un vieux château.

Martine, qui joue le rôle de la princesse, fait semblant de dormir sur son lit. Patapouf est allongé à ses pieds. La cuisinière, le marmiton et les gardes se reposent. Pas un bruit. On entendrait une souris grignoter dans l'armoire.

Quand les amis de Martine vont-ils se réveiller ?

On dirait qu'ils attendent quelqu'un depuis des jours et des jours... Et savez-vous bien ce qu'ils attendent depuis si longtemps ?

Ils attendent le prince Joyeux qui revient de la guerre sur son cheval de bataille. Il porte à son côté Lame-de-bois, sa fidèle épée avec laquelle il a vaincu trois généraux.

Depuis deux jours, Longues-Jambes, son cheval, galope à travers la campagne sans manger, sans boire et sans jamais s'arrêter.

Enfin le prince Joyeux arrive au château. Il ouvre doucement la porte de la salle et demande :

— Où est la princesse ?

Martine se relève :

— C'est moi, dit-elle en se frottant les yeux.

Et Patapouf aussitôt de sauter de joie.

La cuisinière, le marmiton, les gardes, tout le monde se réveille.

Car le prince, à l'occasion de son retour, a décidé de couronner la princesse.

Il monte sur l'estrade accompagné de son page et de son écuyer. On l'applaudit très fort :

— Vive le prince, vive le prince !

Dans ses bagages il a rapporté une couronne ornée de diamants. Il la pose sur la tête de Martine.

— Vive la princesse, vive la princesse !

Après quoi il ordonne de préparer le bal.

On attache guirlandes et drapeaux. Les lanternes vénitiennes se balancent partout. Celle-ci ressemble à un accordéon. Celle-là est toute ronde comme un ballon de football.

— Veux-tu tenir l'échelle ? demande Bernard.

— Je la tiens bien. Tu ne dois pas avoir peur.

Pendant ce temps, la princesse est allée chez la modiste avec sa demoiselle de compagnie.

— Voilà de quoi se parer pour le bal.

— Essayons les chapeaux.

— Comme ils sont drôles, tous ces chapeaux garnis de fleurs et de plumes d'autruche. Je préfère celui-là, en paille, avec des cerises.

— Moi, je crois que celui-ci me va très bien, dit Marie-Claire.

— Pour qui la jolie moustache ?

— Pour moi, dit Jean.

— Alors, je prendrai la perruque.

— Dépêchez-vous, dit Martine. Il ne faut pas faire attendre le prince... Et Patapouf, qu'allons-nous mettre à Patapouf ?... Ah ! j'ai trouvé. Nous lui mettrons cette paire de lunettes et ce gros nœud de velours. Regarde-moi bien, Patapouf... Voilà, tu es un véritable personnage. C'est très important pour un petit chien comme toi.

Et maintenant le bal commence. Tout le monde se donne la main pour faire la ronde.

Philippe souffle dans son flageolet :

Les mirlitons, ton ton, tontaine,
les mirlitons, ton ton,
font danser le roi et la reine,
font danser tous en rond.

Les confetti pleuvent. Martine en a plein les cheveux. Les serpentins volent à droite, à gauche. On se croirait au carnaval.

A force de tourner autour du fauteuil, Patapouf s'est entortillé dans les serpentins. En voici un qui se noue à son cou. Un autre le retient par la patte.

Comment faire pour s'en débarrasser ?

Patapouf se débat. Il tire de toutes ses forces. Heureusement Françoise arrive à son secours.

— En l'honneur de la princesse, je vais jouer un petit air de musique, dit Bernard.

— Bravo, c'est une chic idée!

Bernard dépose son chapeau sur le piano. Puis il s'assied avec précaution pour ne pas chiffonner son costume de gala.

« Do, mi, fa, sol, do. » La jolie musique! Tout le monde écoute avec admiration.

Après la fête, il faut retourner au palais.

— Je vais atteler Longues-Jambes, dit l'écuyer. Que sa majesté veuille bien prendre place dans la calèche.

Martine, Bernard, Françoise et Philippe s'installent dans la voiture.

— Attention, nous allons partir !

Les mouchoirs s'agitent. Le fouet claque, la calèche démarre... et le rideau se ferme.

La pièce est terminée. Adieu prince, adieu princesse ! Chacun se déshabille. On enlève les décors.

— Bravo, Martine, tu as bien joué ! Tu étais une vraie princesse ! dit Marie-Claire... Est-ce que je pourrai garder mon chapeau ?

— Bien sûr, répond Martine. Mais il ne faut pas l'abîmer. Tu en auras besoin la prochaine fois que nous viendrons jouer dans le grenier.